www.casterman.com

© Casterman 2002
Tous droits réservés pour tous pays.
Il est strictement interdit, sauf accord préalable et écrit de l'éditeur, de reproduire (notamment par photocopie) partiellement ou totalement le présent ouvrage, de le stocker dans une banque de données ou de le communiquer au public, sous quelque forme et de quelque manière que ce soit.
ISBN 978-2-203-15422-3

ZOÉ et THÉO
le bébé

Catherine Metzmeyer & Marc Vanenis

casterman

À la maison, il y a les jumeaux Zoé et Théo, le chien Bandit, papa, maman et bientôt le bébé !

Il y a si longtemps que Zoé et Théo l'attendent !

Ça y est. C'est le moment ! Papa et Maman se rendent à l'hôpital pour que le bébé vienne au monde.

Mamie garde Zoé et Théo. Le téléphone retentit bientôt :
— Youpie ! le bébé est né !

Papa est venu chercher les jumeaux.
En route pour l'hôpital !
Zoé a un cadeau pour le bébé. Théo veut acheter des fleurs pour sa maman.

Mais trop tard
le magasin est fermé.
— Oh zut, grogne Théo.

Théo est si déçu !
— Tu achèteras des fleurs demain, dit Zoé.
— Ce n'est pas pareil, répond Théo énervé.

Dans l'ascenseur, Théo s'exclame :
— Ce sont des fleurs exactement comme ça que je voulais !

— Dites, s'il vous plaît, Monsieur, pouvez-vous m'en vendre deux. J'ai des sous ! C'est pour notre maman.

Le monsieur sourit doucement :
— Tiens, je te les donne. Offre-les à ta maman.

Zoé et Théo sont très pressés de voir le bébé.
Et tellement contents de revoir leur maman.

— Quelles jolies fleurs !
s'écrie-t-elle.

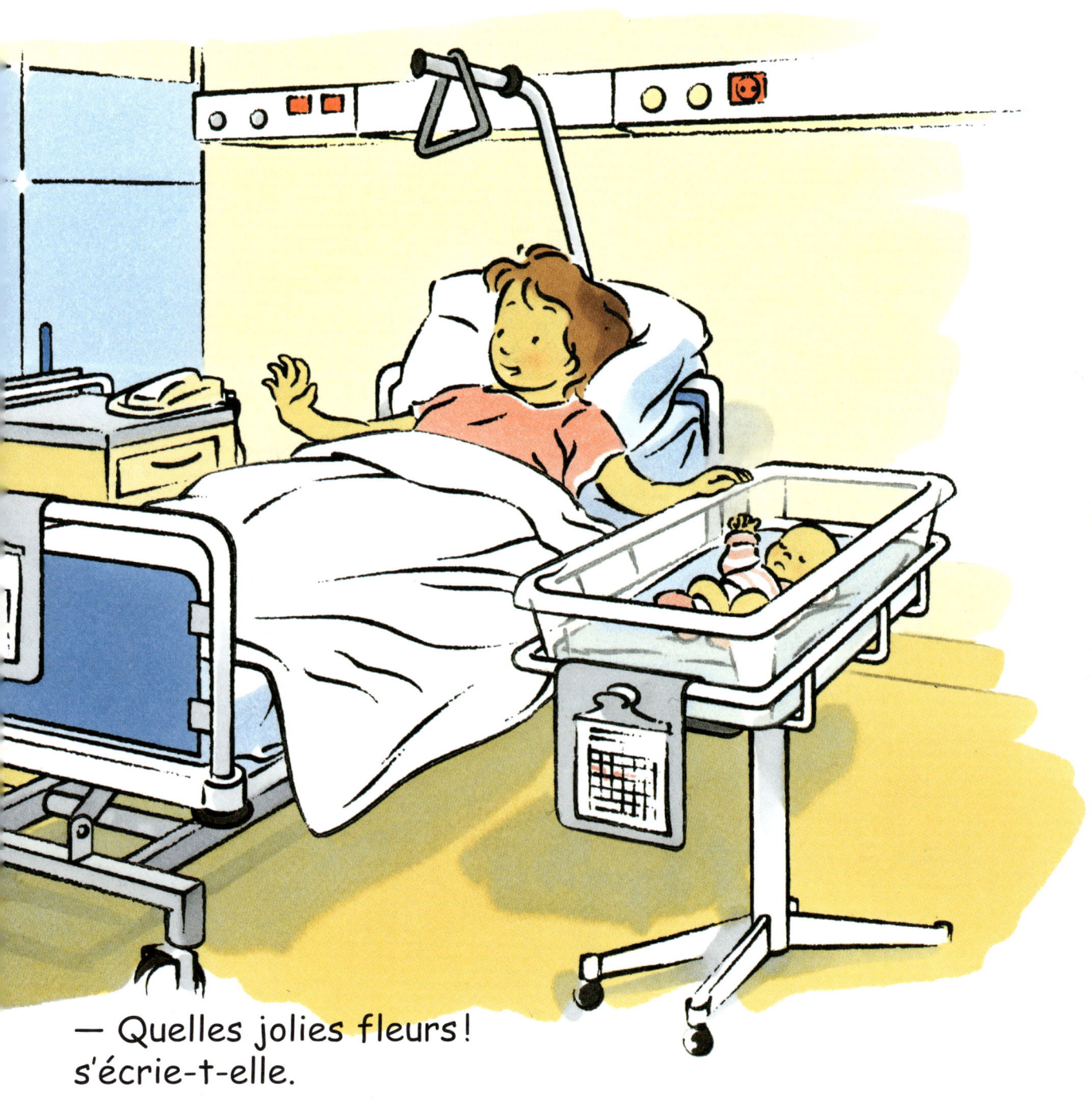

Théo et Zoé sont intimidés. Il est si petit !
Et voilà qu'il commence à pleurer.

Il est si petit... il fait tant de bruit.

Mais dans les bras de Théo, le bébé se tait.
- Il sait que tu es son grand frère, murmure Zoé.

Imprimé en Italie.
Dépôt légal avril 2002 ; D2002/0053/37
Déposé au ministère de la Justice, Paris
(loi n°49.956 du 16 juillet 1949 sur les publications destinées à la jeunesse).